Béluga en danger

Susan Hughes

Illustrations de Heather Graham
Texte français de Lucie Rochon-Landry

Éditions ▪SCHOLASTIC

Catalogage avant publication de la Bibliothèque nationale du Canada

Hughes, Susan, 1960-

[Orphaned beluga. Français]

Béluga en danger / Susan Hughes ; illustrations de Heather Graham ;
texte français de Lucie Rochon-Landry.

(Animaux secours)

Traduction de: Orphaned beluga.

Publ. à l'origine 2004.

ISBN 978-0-545-98532-1

I. Graham, Heather, 1959- II. Rochon-Landry, Lucie III. Titre.
IV. Collection: Hughes, Susan, 1960- . Animaux secours.

PS8565.U42O7614 2009   jC813'.54   C2009-901177-8

ISBN 10 0-545-98532-3

Édition publiée par les Éditions Scholastic, 604, rue King Ouest,
Toronto (Ontario) M5V 1E1 CANADA.

7 6 5 4 3 2 1   Imprimé au Canada   09 10 11 12 13 14

*Merci à Sylvain De Guise, vétérinaire au département
de biopathologie de la University of Connecticut,
qui étudie les bélugas depuis de nombreuses années.
Cette histoire est inspirée du sauvetage d'un béluga
qu'il a effectué en amont d'une rivière, au Canada,
et des détails de l'opération qu'il a bien
voulu me fournir.*

Table des matières

Chapitre un

Une grande nouvelle!

Maxine dépose son seau d'eau. Elle ouvre la fermeture éclair de son blouson de printemps.

– Ouf! dit-elle à son amie Sarah, avec un large sourire. Il commence enfin à faire plus chaud!

Sarah lui rend son sourire.

– C'est le printemps! Et je pense que Casse-Noisettes est content, lui aussi. Regarde-le!

Casse-Noisettes est un écureuil roux. Son enclos est construit autour de deux petits arbres. Le sommet des arbres touche au toit grillagé. Casse-Noisettes est allongé au soleil sur l'une des branches et dort profondément.

— D'habitude, il passe son temps à rouspéter, dit Maxine.

Sarah prend le récipient d'eau de l'écureuil, le vide et y verse de l'eau fraîche de son seau. Maxine fait de même pour Bandit et Fleur. D'abord, elle n'arrive pas à repérer les deux ratons laveurs. Puis elle aperçoit Fleur, en boule dans un coin de l'enclos. Mais où est Bandit?

Maxine parcourt l'enclos du regard. Ah! il est là. Le raton laveur a passé le plus clair de l'hiver bien au chaud dans le creux de l'arbre, au coin de l'enclos. Mais aujourd'hui, Bandit, tout comme Casse-Noisettes, profite des chauds rayons du soleil. Il se prélasse sur l'une des branches de l'autre côté de l'arbre.

Maxine pousse un soupir de satisfaction. Elle éprouve un merveilleux sentiment parce qu'elle sait que les animaux sont heureux et en sécurité. Abigail Abernathy, la directrice de la clinique médicale et du centre de réhabilitation Animaux Secours, prend bien soin d'eux. Maxine et Sarah l'aident de leur mieux.

Maxine et sa famille habitent depuis peu le village de Maple Hill. Maxine a découvert Animaux Secours lorsqu'elle a trouvé un petit lynx orphelin dans les bois. Elle a dû laisser le minuscule chaton à la clinique, mais elle a continué de s'inquiéter à son sujet. À l'école, Sarah, une de ses nouvelles camarades de classe, l'a écoutée attentivement lorsque Maxine lui a raconté toute l'histoire. Sarah aussi aime les animaux, et les deux filles sont instantanément devenues les meilleures amies du monde. Elles sont maintenant bénévoles au centre.

— J'ai fini, s'écrie Sarah.

— Moi aussi, répond Maxine.

Les deux filles rangent leurs seaux dans la remise.

— Veux-tu venir dîner chez moi? demande Maxine à Sarah.

— Oui! répond Sarah.

— On va d'abord dire à Abbie qu'on a fini.

Les filles entrent en courant dans le bâtiment et pénètrent dans la petite pièce en désordre qui sert de quartier général à Abigail, qu'elles appellent Abbie.

Celle-ci est assise à son bureau, derrière une

pile de papiers et de dossiers. Elle regarde Maxine et Sarah à travers ses lunettes rondes. Elle a un crayon enfoncé derrière l'oreille, et un bout de carotte dépasse de la poche de sa chemise. Maxine sait que ce restant de légume fera les délices d'un des ratons laveurs plus tard dans la journée.

— Oui, les filles?

— On a donné de l'eau et de la nourriture à tous les animaux et aux oiseaux, lui répond Maxine. On part maintenant, mais on va peut-être revenir demain.

Abbie agite le doigt en direction des deux filles, comme pour les réprimander.

— Voyons, les filles, leur dit-elle, arrêtez-vous un peu! Prenez une journée de congé! Vous êtes venues presque tous les jours depuis dix jours. Vous avez besoin de vacances!

Sarah et Maxine rient. Abbie sait bien qu'elles aiment venir s'occuper des animaux. Pour elles, ce n'est pas une corvée!

Les filles bavardent gaiement en descendant la longue allée caillouteuse. Lorsqu'elles atteignent la grille et le panneau annonçant *Clinique médicale et centre de réhabilitation Animaux Secours*, elles empruntent la route de la Campanule. Quelques minutes plus tard, elles arrivent à la lisière du village de Maple Hill.

En approchant de la maison où habitent la famille de Maxine et sa grand-mère, Mme Oakley, Maxine aperçoit celle-ci qui s'affaire dans le jardin devant la maison. Elle porte un chapeau de paille et un blouson de printemps, et ratisse les feuilles mortes dans les plates-bandes. Lorsqu'elle se retourne et aperçoit les filles, son visage s'illumine d'un large sourire.

— Max! Sarah! Vous ne devinerez jamais ce qui arrive! leur lance-t-elle.

Les filles se regardent. Mme Oakley a déposé le râteau et s'avance vers elles. Elle agite les mains avec animation. Maxine et Sarah remontent l'allée à la hâte pour entendre ce qu'elle veut leur dire. Les rayons du soleil éclairent ses joues roses.

— J'ai reçu un appel de mon cher vieil ami, le Dr Alain Leduc, cette semaine. Il vit au Québec. Il étudie les bélugas.

Maxine hoche la tête. Elle se souvient des histoires de sa grand-mère au sujet du Dr Leduc. Sa grand-mère et lui aiment beaucoup les animaux. Il y a longtemps, ils sont devenus de très bons amis, tout comme Maxine et Sarah.

Mme Oakley se tourne vers Sarah.

— Les bélugas ressemblent à de gros dauphins blancs et potelés. Te souviens-tu de la chanson pour enfants?

Sarah hoche la tête pendant que la grand-mère de son amie entonne l'air.

— *Bébé béluga au fond de la mer bleue…*

Elle chante fort et un peu faux. Maxine et Sarah se regardent du coin de l'œil et essaient de ne pas rire.

Puis les filles joignent leurs voix à la sienne.

— *Tu nages, libre et fier…*

Maxine arbore un large sourire.

— J'ai vu des photos de bélugas. Ils sont très mignons! Ils ont une petite tête bombée et de petits yeux. Sur les photos, ils ont parfois l'air de sourire.

Sa grand-mère hoche la tête.

— C'est bien eux.

Maxine fronce les sourcils.

— Mais ton ami habite au Québec, dit-elle. Comment peut-il étudier les bélugas? Ils vivent dans l'océan Arctique, non?

— Tu as tout à fait raison, répond sa grand-mère en regardant Maxine avec fierté. La plupart des bélugas vivent dans l'océan Arctique. Ils nagent souvent dans les eaux peu profondes le long des côtes. Mais on en trouve aussi dans le fleuve Saint-Laurent. Mon ami étudie les bélugas du Saint-Laurent. Et savez-vous ce qu'il m'a demandé? ajoute-t-elle, les yeux brillants. Il m'invite à venir le visiter, pour voir ces extraordinaires baleines!

Maxine ouvre grand ses yeux bruns.

— Tu es chanceuse, grand-maman! s'exclame-t-elle. Je n'ai jamais vu de béluga. En fait, je n'ai jamais vu de baleines!

— Moi, non plus, ajoute Sarah en tortillant le bout d'une de ses tresses. Pas dans la vraie vie!

Maxine imagine la joie qu'elle aurait à scruter la mer pour apercevoir des bélugas nageant, libres et fiers, comme dans la chanson!

— Eh bien, je voudrais y aller, reprend lentement Mme Oakley en regardant sa petite-fille, mais je ne sais pas si je peux… à moins que toi et Sarah n'acceptiez de m'accompagner.

Son visage rayonne de plaisir.

Maxine reste bouche bée. Elle se tourne vers Sarah, qui la regarde, sans voix.

— J'en ai déjà parlé à vos parents, ajoute Mme Oakley, avec un large sourire. Ils y ont réfléchi pendant quelques jours et ils sont d'accord pour vous laisser partir. Je vais prendre bien soin de vous tout au long du voyage. Alors, qu'en dites-vous? Voulez-vous venir observer les baleines de près?

— Oui! s'exclament les deux filles en chœur, lorsqu'elles retrouvent enfin la parole.

Chapitre deux

Dans les airs

Mme Oakley a laissé sa place à Sarah, pour que celle-ci puisse voir par le hublot.

– Oh, Max, soupire Sarah, si seulement tu pouvais regarder! Je peux voir sous l'aile de l'avion. Il y a des lacs et des rivières. Ils ont l'air de joyaux bleus qui brillent. Je me demande si on survole déjà le Québec. C'est magnifique.

Maxine secoue la tête.

– Je ne peux pas, répond-elle. Peut-être plus tard.

Maxine a prévenu Sarah que l'idée de prendre l'avion la rendait nerveuse. L'avion est maintenant dans les airs depuis environ une heure, et Maxine

est un peu plus détendue. Mais elle n'est pas encore prête à regarder par le hublot.

Elle est tout de même heureuse de voler vers les bélugas. Tellement heureuse qu'elle peut à peine respirer. Elle sort quelques livres du sac à dos posé à ses pieds.

— Parlons encore un peu des bélugas, suggère-t-elle en tendant un des livres à Sarah.

Son amie hoche la tête.

Maxine et Sarah ont été très occupées toute la semaine. Elles ont travaillé deux fois plus fort à Animaux Secours, en prévision du temps où elles seraient absentes. Et elles ont essayé de prendre de l'avance dans leurs travaux scolaires. Cela ne leur a pas laissé beaucoup de temps pour se renseigner sur les bélugas.

Sarah parcourt les pages du livre.

— Écoute, dit-elle en lisant à voix haute : *Le béluga est un mammifère à sang chaud. Sa peau épaisse recouvre une épaisse couche de graisse. Cette graisse peut représenter jusqu'à quarante pour cent du poids d'un béluga. Elle le garde bien au chaud quand il nage dans les eaux glacées de l'Arctique.*

Maxine indique un autre passage sur la page.

— Ça dit ici que les bélugas préfèrent les eaux peu profondes, parce qu'ils se nourrissent des poissons et autres animaux qui vivent au fond de la mer. Mais la glace qui se forme l'hiver dans l'Arctique les force parfois à descendre en eau libre, dans les profondeurs.

Maxine montre à Sarah la carte de l'Amérique du Nord sur l'autre page. Les habitats d'hiver des bélugas y sont indiqués en bleu, et leurs habitats d'été, en rouge.

Maxine lit, à voix haute, la légende sous la carte :

— *L'été, les bélugas migrent vers l'embouchure des rivières, là où l'eau est moins profonde. Dans l'Arctique, ils doivent parfois franchir plusieurs centaines de kilomètres à travers les glaces pour y arriver.*

— Alain m'a raconté que les bélugas remontent parfois les rivières de l'Arctique, confirme sa grand-mère. Ils le font pour trouver du poisson, du saumon, par exemple.

— Les bélugas qu'on va voir vivent dans le fleuve Saint-Laurent, dit Maxine, en leur montrant, sur la carte, le large fleuve qui coule de l'est vers le Québec et qui est marqué de rouge et de bleu. Ils y habitent toute l'année, ajoute-t-elle. Selon la légende, il n'y a que 500 bélugas dans le fleuve Saint-Laurent.

Sarah plonge la main dans son sac à dos et en tire un autre livre.

— J'ai emprunté ce livre-ci hier, dit-elle à Maxine. En le feuilletant, j'ai vu une superbe photo.

Elle ouvre le livre et montre une grande photo sous-marine couvrant les deux pages. Maxine sourit en voyant un béluga adulte accompagné d'un bébé.

— Regarde, l'adulte est blanc et le bébé est d'un brun rosé, lui fait remarquer Sarah. Écoute : *Les bélugas ne sont pas tous blancs. Les femelles ont un petit tous les trois ans. On appelle le bébé un veau. À la naissance, le veau est rose ou brun rosé. Il mesure environ 1,5 mètre, la taille d'un adolescent. À mesure que le veau grandit, il devient gris foncé. Au fil des ans, le baleineau pâlit.* <u>*Quand il atteint l'âge de six ou sept ans, il est tout blanc.*</u> *Les bélugas peuvent vivre trente ans ou plus.*

— C'est vraiment étonnant, commente Maxine.

Le temps passe rapidement. Le pilote leur annonce bientôt que l'avion va atterrir. Maxine se penche devant sa grand-mère et regarde par le hublot de Sarah.

— Super, s'exclame-t-elle. Ça doit être le Québec, et ça, le fleuve Saint-Laurent!

Un large fleuve bleu s'étire sous elle. Un frisson d'émerveillement la parcourt. Cette eau qu'elle a sous les yeux coule directement des Grands Lacs, puis va se jeter dans l'océan Atlantique.

Sarah regarde Maxine. Elles échangent un sourire. Maxine n'est plus nerveuse!

Quelques minutes de plus, et l'avion survole l'aéroport. Peu de temps après, il atterrit.

Sarah, Maxine et Mme Oakley récupèrent leurs valises sur le carrousel à bagages et se dirigent vers le hall d'entrée.

— Alain a dit qu'il nous rencontrerait près de…

Mme Oakley n'a pas le temps de finir sa phrase. Un homme de grande taille, à la barbe argentée, la soulève de terre en la serrant contre lui. Ses pieds ballottent dans le vide.

— Beth! Tu n'as pas changé du tout! s'écrie l'homme, d'une voix chaleureuse.

— Toi, non plus, Alain, réplique Mme Oakley, pendant que l'homme la dépose doucement sur le sol. Tu es toujours aussi charmant! C'est si bon de te voir. Nous sommes tellement heureuses d'être ici!

Elle présente Maxine et Sarah au Dr Leduc, qui leur serre énergiquement la main.

— Je suis content que vous soyez venues avec Beth. Nous allons bien nous amuser, vous, moi et les bélugas, leur promet-il. Venez. Ma voiture est stationnée à l'extérieur. Nous avons plusieurs heures de route avant d'arriver chez moi. Je vais vous aider à transporter vos bagages.

Les voyageuses et le Dr Leduc s'entassent dans la petite voiture, et celle-ci démarre. Le Dr Leduc parle tout en conduisant.

— Nous allons nous reposer ce soir, leur annonce-t-il. Et demain, nous irons voir mes baleines. Je sais qu'elles ne sont pas vraiment à moi, dit-il en regardant les filles dans le rétroviseur. Ce sont des baleines sauvages. Mais, parce que je les étudie et que je passe tellement de temps à penser à elles, à apprendre d'elles et à me faire du souci pour elles, je les appelle *mes* baleines. Je suis sûr que vous comprenez.

Maxine hoche la tête. À quelques reprises, elle a aidé Abbie à secourir des animaux sauvages. Elle a toujours ressenti de l'attachement pour eux, même s'ils devaient retourner à l'état sauvage. Elle savait que les animaux ne lui appartenaient pas. Elle était liée à eux par un sentiment. C'est ce sentiment qui faisait d'eux *ses* animaux.

— Nous irons au fleuve dès notre réveil demain. Nous ferons un tour dans mon petit bateau et nous essaierons de repérer la bande de baleines que j'étudie présentement. Une bande, c'est un petit groupe, ajoute le Dr Leduc. Je ne suis pas sûr que nous allons voir les baleines. Elles se déplacent constamment, et nos chemins ne se croisent pas toujours. Mais on ne sait jamais. Nous pourrions avoir de la chance!

— Ce sera merveilleux, dit Mme Oakley. Qu'en pensez-vous? demande-t-elle aux filles.

— Super! répond Maxine.

Mais Sarah ne dit rien. Maxine lui jette un coup d'œil. Elle est pâle et pince les lèvres.

— Sarah? demande Maxine. Est-ce que ça va?

Sarah fait non de la tête, ce qui inquiète Maxine.

— Il y a un petit problème, répond-elle doucement. Moi, j'ai peur des bateaux. J'espérais voir les bélugas du bord de l'eau.

Chapitre trois

À la recherche des bélugas

— Ne t'inquiète pas, Sarah, dit Maxine. J'avais peur des avions, mais j'ai pris l'avion aujourd'hui. Et tout s'est bien passé.

Sarah hoche lentement la tête.

– C'est vrai, reconnaît-elle. Tu l'as fait. Mais, ajoute-t-elle en rougissant, je ne nage pas très bien…

Maxine pousse Sarah du coude.

– Alors, il va falloir que tu portes un gilet de sauvetage, demain. Tout va bien aller.

Le Dr Leduc a suivi leur conversation.

– Ton amie a raison, Sarah, intervient-il. Nous devons tous porter des gilets de sauvetage. C'est

plus prudent, même pour le meilleur des nageurs.
Tu sais, ajoute-t-il en hochant la tête, on peut très
bien observer les baleines du bord de l'eau, et
c'est comme ça que la plupart des gens devraient
les voir. Mais pour les étudier, il faut les observer
d'un bateau. Nous devons nous approcher pour
reconnaître leurs marques distinctives. Nous
suivons des règles très strictes. Nous avançons
très lentement et arrêtons dès que nous les
apercevons. Nous traitons les baleines avec
beaucoup de respect. Tu ne le regretteras pas
si tu as la chance de voir un béluga de près.

Quand ils arrivent enfin au petit village
qu'habite le Dr Leduc, c'est le soir. La voiture
s'arrête devant une petite maison blanche sur
les rives du fleuve. Fatiguées et affamées, les trois
voyageuses montent dans leurs chambres pour
défaire leurs valises. Maxine et Sarah téléphonent
à la maison pour informer leurs parents qu'elles
sont arrivées saines et sauves.

Après un délicieux souper, le Dr Leduc leur
fait faire un petit tour du village.

Maxine pensait qu'elle serait trop agitée pour
dormir, mais elle ferme les yeux en touchant
l'oreiller et s'endort profondément. Lorsqu'elle
rouvre les yeux, le soleil inonde sa chambre, et

c'est l'heure du déjeuner.

Tous mangent rapidement.

– Habillez-vous chaudement, leur conseille
le Dr Leduc. Il fera très froid sur l'eau.

Maxine et Sarah ont apporté un chandail de
laine, un pantalon de neige, un blouson d'hiver,
un chapeau et des mitaines. Elles décident de
suivre le conseil du Dr Leduc et enfilent tous
ces vêtements!

Lorsqu'elles prennent place dans le petit
bateau d'observation, elles se félicitent de l'avoir
fait. Le vent froid qui balaie les vagues du Saint-
Laurent siffle à leurs oreilles.

– Je vous présente mes assistants, Sylvie
et Claude, dit le Dr Leduc. Sylvie va nous
accompagner aujourd'hui. Claude va rester ici
pour enregistrer quelques données.

Sylvie et Claude portent des blousons et des
salopettes imperméables jaunes, des gants et de
grandes bottes noires.

– Voici vos gilets de sauvetage, dit Sylvie.

Elle aide Maxine et Sarah à endosser les
gilets orange. Maxine apprécie la chaleur
supplémentaire que lui procure le gros gilet.
Elle jette un coup d'œil à Sarah. Les yeux de
son amie semblent plus bleus que d'habitude.

Elle claque des dents.

— Tu as froid? lui demande Maxine.

— J'ai froid et je suis nerveuse, admet Sarah.

Elle se cramponne à deux mains à son gilet orange.

— Ça va aller, ajoute-t-elle en souriant.

Mme Oakley hoche la tête.

— Oui, tout va bien aller, dit-elle à Sarah pour la rassurer.

— C'est parti! lance le Dr Leduc, de la cabine où il tient le gouvernail. Venez vous asseoir ici, à l'abri du vent, jusqu'à ce que nous approchions de l'endroit où nous espérons trouver les baleines.

Sarah et Maxine suivent Mme Oakley jusqu'à la cabine. Elles s'assoient côte à côte sur le banc rembourré et, très animées, regardent par la fenêtre. Sylvie détache les deux câbles et Claude éloigne le bateau du quai. Le Dr Leduc abaisse un levier, et le bateau est propulsé vers l'avant.

Le Dr Leduc doit élever la voix pour couvrir le bourdonnement du moteur.

— Nous venons observer les baleines depuis plusieurs mois, explique-t-il à ses invitées. Nous essayons, entre autres, de photographier les bélugas pour arriver à les distinguer les uns des autres. Nous pouvons ensuite les étudier et en apprendre davantage sur leur comportement.

Sylvie s'assoit à côté des filles.

— Le nom scientifique des bélugas signifie
« dauphin blanc sans nageoire », dit-elle. C'est
que les bélugas ont une crête dure sur leur dos
et non une nageoire, comme la plupart des autres
baleines.

— Est-ce qu'il y a une raison pour ça? demande
Maxine.

Sylvie se tourne vers elle et lui sourit.

— Bonne question. Les bélugas nagent parfois
sous la glace, explique-t-elle. Mais ils doivent
venir respirer à la surface. Selon les scientifiques,
la crête sur leur dos, appelée crête dorsale, leur
est alors très utile, puisqu'ils peuvent s'en servir
pour briser la glace. Ils peuvent même briser une
couche de glace ayant jusqu'à dix centimètres
d'épaisseur!

— C'est extraordinaire! lance Maxine.

— Est-ce que la crête dorsale est une des façons
de distinguer les bélugas les uns des autres?
demande Sarah.

— Tout à fait! Nous avons identifié plus de
200 bélugas jusqu'à présent, dit Sylvie avec fierté.
Nous leur donnons aussi des noms, ajoute-t-elle.
Comme Guimauve, Érable, Alpha et Vitesse.

Sylvie se tourne vers la fenêtre de la cabine. Elle scrute la vaste surface du fleuve.

— J'aime le nom Guimauve, dit Maxine à Sarah avec un large sourire.

Sarah sourit à son tour. Elle n'est plus aussi pâle et ne semble plus aussi inquiète d'être sur l'eau. Le bateau avance rapidement, mais la traversée n'est pas trop houleuse, et la côte est toujours visible au loin.

— Les bélugas vivent en groupes ou bandes, explique le Dr Leduc. Ils empruntent certaines routes pour se déplacer d'un endroit à l'autre. Lorsqu'on connaît ces routes, on a de meilleures chances de les trouver.

— Mais la chance ne semble pas nous sourire aujourd'hui, ajoute Sylvie.

— Ah, mais nous profitons du grand air, lance Mme Oakley, d'une voix enjouée.

Le Dr Leduc navigue lentement pendant plusieurs heures. Il se rend à trois endroits, espérant y trouver la bande de bélugas qu'il connaît le mieux. Chaque fois, il arrête le bateau, et tous se tiennent sur le pont, scrutant les eaux en silence pour y déceler le moindre mouvement.

Au quatrième arrêt, Maxine et Sarah se précipitent de nouveau sur le pont. Il fait frisquet,

mais Maxine aime sentir le vent sur ses joues. Le
soleil brille, le ciel est bleu, et elle est si heureuse
de naviguer sur le majestueux fleuve. Le bateau
danse sur les vagues, et Maxine et Sarah doivent
s'agripper au garde-corps pour ne pas perdre
l'équilibre. Elles ne peuvent pas voir très loin
sous la surface agitée des eaux.

   — C'est difficile de croire qu'il y a tant de vie,
là-dessous, dit Maxine à Sarah. Les plantes, les
poissons, les palourdes, et même des bélugas,
C'est un tout autre monde!

Les deux filles contemplent l'eau. Elles attendent et espèrent, mais ne perçoivent aucun signe des baleines.

Le Dr Leduc sort la tête de la cabine.

— Eh bien, il ne nous reste plus qu'à faire demi-tour, se résout-il à dire. Désolé, les filles. On ne contrôle pas les animaux sauvages, dit-il en levant les mains. Ils font ce qui leur plaît, pas ce que nous voulons.

Le Dr Leduc, Sarah et Mme Oakley rentrent dans la cabine, et Sylvie remet le capuchon sur son appareil photo.

Maxine, elle, jette un dernier regard sur le fleuve. Une ombre se profile le long du bateau. Sans doute un oiseau, pense Maxine. Elle lève les yeux pour voir de quel oiseau il s'agit.

Mais il n'y a pas d'oiseau.

Le cœur de Maxine bat très fort. Elle se tourne de nouveau vers le fleuve et s'agrippe au garde-corps. Elle parcourt la surface de l'eau du regard.

Et puis, elle l'aperçoit. Ce n'est pas l'ombre d'un oiseau. Ce n'est pas l'ombre de quoi que ce soit. C'est une forme sombre sous l'eau. La forme prend son élan et fend la surface devant Maxine, qui est aussi immobile qu'une statue. C'est un béluga blanc, et il lui sourit!

Chapitre quatre

Les canaris des mers

Pendant un instant, Maxine ne peut que sourire, elle aussi, au fabuleux animal.

La tête du béluga sort de l'eau. Elle est lisse, ronde, et bombée sur le dessus. Le béluga a un museau court et des lèvres épaisses. Les coins de ses lèvres sont retroussés et lui donnent l'air de sourire!

Puis Maxine entend la voix de Sylvie juste à ses côtés. Elle écoute ce que dit l'assistante de recherche, sans quitter le béluga des yeux.

– C'est Coco. On l'appelle comme ça parce qu'il aime faire le clown. Notre bateau pique sa curiosité, et nous aussi.

Sarah est ressortie de la cabine et se tient près de Maxine. Elle rit doucement.

— Il est vraiment mignon, hein, Max? demande-t-elle.

Maxine contemple Coco, ravie de voir son visage souriant. Il est si près! Un vrai béluga sauvage, juste devant elle!

— Quand les baleines font ça, explique Sylvie en montrant le béluga du doigt, quand elles sortent la tête de l'eau pour observer ce qui se passe à la surface, on dit qu'elles espionnent.

— C'est vrai, dit Maxine en hochant la tête. Il a l'air de nous espionner.

À cet instant, Coco semble en avoir assez d'espionner. Il cligne des yeux et plonge, tête première, disparaissant sous l'eau dans un grand coup de queue.

— Oh, soupire Sarah.

Mais l'instant d'après, Maxine et Sarah suffoquent de joie. Deux autres formes blanches glissent sous l'eau!

— Regardez, leur dit Sylvie en montrant les formes du doigt. D'autres membres de la bande de Coco.

— Et d'autres, là aussi, crie Maxine.

Trois autres bélugas passent non loin du

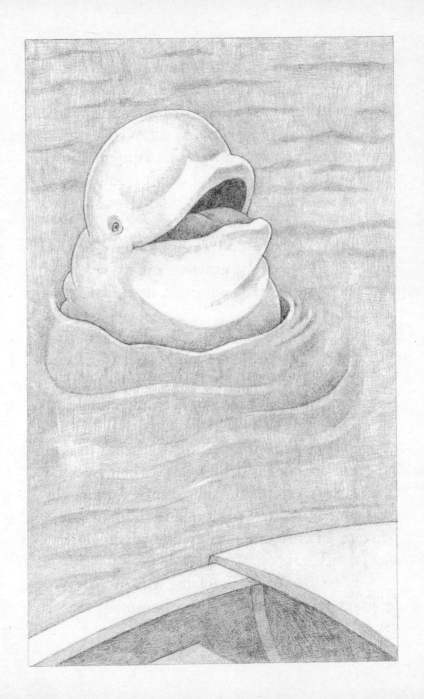

bateau, fendant la surface avec leur dos. Maxine peut voir leur crête dorsale.

— Les bélugas sont des mammifères. Comme nous, ils ont besoin d'air, leur dit Sylvie. Ils viennent respirer à la surface. Ils aspirent l'air par leur évent, situé juste derrière leur front. Quand ils nagent, ils font surface et respirent plusieurs fois par minute.

Soudain, l'air s'emplit d'un étrange gloussement. Le gloussement s'amplifie et s'accompagne de glapissements, de roucoulements et de jappements!

— Qu'est-ce que c'est que ça? demande Sarah.

Le Dr Leduc et Mme Oakley se tiennent à l'arrière du bateau. Le Dr Leduc arbore un large sourire et fait de grands gestes en direction de Maxine et Sarah. Les filles se hâtent vers l'arrière et découvrent six autres bélugas nageant tout près.

— On appelle les bélugas les « canaris des mers » parce qu'ils sont si bruyants! explique le Dr Leduc. En fait, il n'y a que les humains qui peuvent émettre une plus grande variété de sons que les bélugas.

— C'est étonnant! s'exclame Mme Oakley, le visage rayonnant de plaisir. Comment font-ils ces bruits?

— Les sons se forment dans les voies respiratoires, et le béluga force ensuite l'air à travers son évent, explique le Dr Leduc. Il peut varier les sons qu'il émet en changeant la forme de ses voies respiratoires et aussi de son « melon ». C'est le nom qu'on donne à la partie bombée sur son front.

Maxine écoute, fascinée.

— On dirait qu'ils se parlent, fait-elle.

— Oui, dit le Dr Leduc. Nous croyons qu'ils utilisent certains sons pour communiquer entre eux. D'autres sons les aident à naviguer. Les bélugas émettent des « clics » en nageant. Ils utilisent leur melon pour diriger les sons. Lorsque les sons rebondissent sur un objet et leur reviennent, ils peuvent déterminer la taille et la forme de cet objet. Ça leur permet de reconnaître les obstacles sur leur chemin, ou les poissons qu'ils vont attraper pour leur dîner!

Tout le monde se tait. C'est le temps d'observer et d'écouter.

Maxine ne manque rien du spectacle que lui offrent les trois grandes baleines blanches fendant l'eau avec élégance. Elle arrive à les distinguer les unes des autres : l'une a une cicatrice au-dessus de la nageoire gauche, l'autre a la crête dorsale courbée et la troisième a la paupière droite tombante.

Il y a deux autres bélugas plus jeunes. Ils sont plus foncés, rondelets et très espiègles. L'un heurte l'autre. Est-ce un accident ou l'a-t-il fait exprès? Maxine sourit. Sont-ils en train de jouer?

La sixième baleine est la plus grande de toutes. Le Dr Leduc dit qu'elle vit peut-être dans ces eaux depuis trente ans. C'est presque trois fois l'âge de Maxine!

Maxine jubile. Elle n'avait jamais pensé qu'un jour, elle verrait des bélugas d'aussi près. Elle ne pouvait pas imaginer qu'ils la regarderaient droit dans les yeux, ou qu'elle les entendrait chanter!

Puis, aussi soudainement qu'ils sont apparus, les bélugas disparaissent. Leur chant s'évanouit. Il ne reste plus que le bruit du vent et des vagues.

Maxine saisit le bras de Sarah.

— C'est incroyable! On a vu des bélugas!

— Je n'en reviens pas! réplique Sarah. Ça valait vraiment la peine de venir en bateau!

Le bateau met du temps à revenir au quai, mais les filles ne le remarquent même pas. Portées par les vagues, elles parlent de Coco et des autres bélugas rieurs. À midi, Maxine sent enfin que l'embarcation vire, puis ralentit. Sylvie se prépare à l'amarrage.

Mais soudain, Maxine entend la voix du Dr Leduc.

— Qu'est-ce qui se passe?

Elle lève les yeux et aperçoit Claude, le deuxième assistant, debout sur le quai. Il agite frénétiquement les bras en criant. Maxine n'arrive pas à entendre ce qu'il dit, à cause du bruit du moteur. Mais elle peut voir l'expression sur son visage et elle sait ce que cela signifie.

Il est arrivé quelque chose de grave.

Chapitre cinq

Une urgence

— Docteur Leduc! Docteur Leduc! Il y a une urgence!

Maxine entend maintenant la voix insistante de Claude. Le bateau est tout près du quai, et Claude attrape le câble que Sylvie a lancé.

Le Dr Leduc coupe le moteur. Il sort à la hâte de la cabine, pendant que Claude tire le bateau. Sylvie saute sur le quai et attache un des câbles.

— Qu'est-ce qu'il y a?

La voix du Dr Leduc est calme, mais il semble prêt à tout.

Claude attache l'autre câble, puis il tire dessus pour s'assurer qu'il est solide. Il se relève.

— Nous avons eu un appel pendant que vous étiez sur le fleuve, dit-il. Un jeune béluga est en danger. On construit un barrage sur la petite rivière Saint-Paul, et le béluga se trouve en amont du barrage. S'il ne redescend pas bientôt la rivière vers le Saint-Laurent, il va être pris au piège.

Le Dr Leduc n'a pas besoin d'en entendre davantage.

— Nous devons nous préparer immédiatement, décide-t-il.

Sylvie passe à l'action. Elle s'empresse d'aider Sarah, Maxine et Mme Oakley à retirer leur gilet de sauvetage. Elle fait disparaître les gilets dans un grand coffre sur le bateau.

— Qui a téléphoné? demande le Dr Leduc en retirant son gilet de sauvetage.

— Une femme de la région, Mme Blanc, répond Claude. Elle et son mari habitent près de la rivière. Ils observent le baleineau depuis quelque temps. Ils savaient qu'un barrage était en construction, mais ils ont appris ce matin seulement qu'il serait terminé dans un jour ou deux. Ils nous ont appelés immédiatement. Ils se sont rendu compte que le baleineau serait pris au piège et qu'il ne pourrait pas survivre en permanence dans la rivière Saint-Paul.

Le Dr Leduc hoche la tête, perdu dans ses pensées. Puis il se tourne vers ses trois invitées.

— J'ai bien peur que ça ne contrecarre nos plans, leur dit-il.

— C'est une urgence, réplique Mme Oakley. Une baleine en danger est bien plus importante que nos vacances ici avec toi. Et nous avons déjà vu tellement de choses aujourd'hui!

— Mais je pense que je vais avoir besoin de votre aide, ajoute le Dr Leduc, les yeux brillants. Voulez-vous venir sauver ce baleineau avec nous? Plus il y aura de monde, mieux ce sera!

Il attend la réponse en tirant sur sa barbe argentée. Mme Oakley jette un regard aux deux filles.

— Qu'est-ce que vous en pensez?

— Bien sûr qu'on veut vous aider, répond Maxine, son cœur battant très fort. Hein, Sarah?

Sarah hoche la tête vigoureusement.

— Et comment! dit-elle d'une voix ferme.

Le Dr Leduc lève ses deux pouces, en signe de reconnaissance.

— Alors, nous devons nous mettre en route sur-le-champ. La rivière est à quatre ou cinq heures de voiture. Il est déjà passé 13 heures, ajoute-t-il en regardant sa montre. Nous allons rentrer à la maison, rassembler quelques vêtements et prendre un goûter rapide.

Mme Oakley hoche la tête

— Je m'occupe du goûter, dit-elle.

Le Dr Leduc se tourne vers ses assistants.

— J'ai besoin de vous deux aussi. Prenez l'autre camionnette de recherche, avec la civière et le canot pneumatique. Nous pourrions avoir besoin de tout notre équipement de sauvetage.

Maxine sent son estomac se nouer. Elle se demande s'ils arriveront à déplacer le béluga. Elle espère qu'il survivra.

— Allons-y, lance le Dr Leduc.

Sarah, Maxine, Mme Oakley et le Dr Leduc sautent dans la voiture. Ils se rendent directement à la maison du Dr Leduc. Maxine et Sarah se précipitent dans leur chambre pour faire leurs valises, pendant que Mme Oakley s'affaire dans la cuisine.

— Je n'arrive pas à y croire, dit Sarah en vidant le tiroir de sa commode. Tout arrive si vite.

— Je sais, reconnaît Maxine.

Elle pense au béluga. Elle essaie de l'imaginer. De quelle couleur sera-t-il? Probablement gris. Elle se demande quelle taille il a. A-t-il encore besoin de sa mère?

Les filles redescendent à la hâte avec leurs
bagages. La grand-mère de Maxine a préparé une
grande pile de sandwichs. Elle pose des serviettes
sur la table, et le Dr Leduc verse du lait dans des
verres.

— Allez-y, mangez, les filles, les encourage-t-il.
Notre aventure de ce matin sur le Saint-Laurent
a dû vous ouvrir l'appétit. Et nous devrons
parcourir une longue distance.

Le repas terminé, ils se mettent en route.

Sarah pointe du doigt les sites intéressants.
Elle lit les enseignes des petites boutiques dans
les villages qu'ils traversent. Maxine sourit et tente
de prendre plaisir à la promenade, elle aussi. Mais
elle ne peut pas s'empêcher de penser au jeune
béluga nageant dans la rivière Saint-Paul, ignorant
le danger qui le guette.

— Claude m'a donné d'autres renseignements
sur le béluga avant notre départ, dit le Dr Leduc.
Selon Mme Blanc, le baleineau et sa mère
auraient quitté le Saint-Laurent pour remonter
la petite rivière Saint-Paul, il y quelques semaines.
Les baleines remontent parfois de petites rivières à
la recherche de nourriture, ajoute-t-il en secouant
la tête. Mais ce n'est pas courant. Puis il est arrivé
un malheur. La mère du jeune béluga est morte.

Personne ne sait exactement comment. On l'a trouvée sur une plage, il y a quelques jours.

Le visage de Maxine s'allonge.

— Mais le baleineau pourra-t-il survivre sans sa mère? demande-t-elle.

— Eh bien, d'après ce qu'on lui a rapporté, Claude pense que le baleineau aura deux ans cet été. Les veaux passent habituellement deux ans auprès de leur mère. Ils sont allaités jusqu'à l'âge de vingt mois environ. Je crois que notre jeune ami est maintenant assez grand pour trouver sa propre nourriture, répond le Dr Leduc.

Maxine imagine le doux visage de Coco. Elle se représente les autres bélugas nageant librement le long du bateau d'observation. C'est affreux d'imaginer un béluga en danger. C'est encore pire si c'est un baleineau orphelin qui est en danger!

Chapitre six

Rivière
Saint-Paul

Un petit *plouf*

— Nous y voilà! Ça doit être la rivière Saint-Paul! lance le Dr Leduc, d'une voix fatiguée.

Il conduit depuis des heures.

Maxine regarde par le pare-brise. Devant eux, une petite rivière court sous le pont qui prolonge la route. Elle coule vers le Saint-Laurent.

— Voilà le panneau, dit Maxine. *Rivière Saint-Paul*, lit-elle.

Ils continuent à rouler vers le nord, et Maxine remarque que la rivière se rétrécit.

— Je sais que les bélugas remontent parfois de petites rivières pour trouver du poisson. Mais pourquoi voudraient-ils y rester? demande-t-elle.

— Je n'en suis pas sûr, répond le Dr Leduc. C'est inhabituel. Cette rivière est très rocailleuse et contient de nombreux bancs de sable. Peut-être que la mère et son jeune veau ont été pris au piège, mais comme la nourriture était abondante, ils n'étaient pas pressés de repartir.

Il tire sur sa barbe pendant un moment avant de continuer.

— Nous devons maintenant convaincre le baleineau qu'il est temps de partir! Qu'en pensez-vous?

— Oui! s'exclame Maxine. Le plus vite possible!

Peu de temps après, Maxine remarque des signes de construction le long de la rivière. De larges poutres d'acier émergent de l'eau.

— Regarde, Sarah! Là! s'écrie Maxine. Ça doit être le barrage.

Sarah se penche pour mieux voir par la fenêtre de Maxine. Deux des trois sections du barrage sont remplies de béton. Lorsque la section du milieu sera remplie à son tour, le lendemain ou le surlendemain, le barrage sera terminé. L'eau ne s'écoulera plus.

Et le béluga sera pris au piège, pense Maxine. *À moins qu'on n'arrive à le faire nager jusqu'ici, pour qu'il*

puisse regagner le Saint-Laurent. Mais comment faire?
Est-ce qu'on va y arriver à temps?

— Docteur Leduc, pensez-vous vraiment qu'on peut sauver le baleineau? demande Maxine, en pressant nerveusement ses mains l'une contre l'autre.

— Nous allons faire de notre mieux, Max, promet le Dr Leduc. Nous ne sommes sûrs de rien, pour le moment. Lorsque nous aurons vu le baleineau et la rivière, demain, nous saurons mieux à quoi nous en tenir. Mais je sais que nous allons faire tout ce que nous pouvons pour aider le jeune béluga à retourner chez lui, dans le fleuve Saint-Laurent.

Maxine et Sarah s'enfoncent dans leur siège. Mme Oakley propose de mettre un peu de musique. Pendant une vingtaine de minutes, violon, piano et flûte résonnent dans la voiture. C'est le crépuscule. Maxine a l'impression de rouler au milieu de nulle part et de s'enfoncer dans des contrées sauvages.

Bientôt, ils aperçoivent un carrefour en T au loin. Maxine remarque un panneau qui annonce : *Village de Saint-Paul*. Une flèche indique la direction à suivre.

— Ah, fait le Dr Leduc, en stationnant

la voiture sur le bord de la route. Selon les indications de Claude, c'est ici que se tient notre jeune ami. Devrions-nous tenter de l'apercevoir, même s'il commence à faire noir?

— Oh, oui! s'écrie Maxine sur-le-champ, en débouclant sa ceinture.

— Oui! lance Sarah à son tour.

Les filles s'élancent hors de la voiture.

— Il fait trop noir, se plaint Sarah. On aurait besoin d'une lampe de poche. On ne voit rien!

Mme Oakley et le Dr Leduc les rejoignent.

— Tu as raison, Sarah. On ne voit pas bien, dit Mme Oakley en regardant au loin. Je crois que je distingue la rive opposée, mais je n'en suis pas certaine, à cause de l'obscurité.

Maxine a de la difficulté à dire où commence l'eau et où finit le ciel nocturne. Est-il possible qu'un béluga se cache là-dessous?

Une brise fraîche souffle de la rivière, et Maxine frissonne. Sa grand-mère s'en est sûrement aperçue.

— Retournons à la voiture, ordonne-t-elle aussitôt. Il ne sert à rien de rester ici et d'attraper un rhume. Nous reviendrons demain, quand il fera clair, et un peu plus chaud.

Tous se hâtent vers la voiture, mais Maxine

reste un moment encore. Elle imagine ce que ce doit être de vivre sous l'eau, de se déplacer d'un coup de queue, de monter respirer à la surface, puis de s'enfoncer de nouveau dans l'eau.

— Où es-tu? murmure-t-elle dans la nuit. Où es-tu, petit béluga?

Elle entend un petit *plouf* dans l'eau. Puis elle aperçoit quelque chose. Comme une forme, vague, mais luisante. Elle est là… et puis elle disparaît. Est-ce que c'était le béluga?

Juste au cas, Maxine murmure dans la nuit :

— Ne t'inquiète pas. On va revenir demain.

Chapitre sept

Le gymnaste

Quand ils arrivent chez les Blanc, Claude et Sylvie sont déjà là.

Les Blanc leur ont gentiment préparé un repas tout simple, et ils mangent ensemble autour d'une grande table en pin. M. et Mme Blanc racontent comment ils ont repéré la mère et son baleineau, quelques semaines plus tôt. Et avec quelle tristesse ils ont appris la mort de la mère et, plus tard, les nouvelles alarmantes au sujet du barrage.

Ensuite, le Dr Leduc et ses assistants racontent des histoires de baleines. Ils décrivent leurs bélugas préférés. Ils parlent avec enthousiasme de tout ce qu'ils apprennent sur les bélugas. Maxine et Sarah écoutent, les yeux grands ouverts.

– Certains pensent que les bélugas sont aussi intelligents que les humains, ou peut-être plus intelligents, raconte Sylvie. J'ai déjà travaillé dans un grand aquarium. Je nageais parfois avec les bélugas. Ils jouaient avec moi et me taquinaient. Nous inventions des jeux, et ils comprenaient les règles. Ils inventaient même leurs propres règles! Si seulement nous pouvions parler le même langage que les bélugas, je suis sûre que nous aurions beaucoup de choses à apprendre les uns des autres.

Maxine hoche la tête. Elle se rappelle le regard de Coco. Elle se souvient que le béluga a semblé lui sourire.

– Avant de travailler avec le Dr Leduc, explique Claude, j'aidais à compter les bélugas dans le fleuve Saint-Laurent. Vous savez probablement que les bélugas sont en voie de disparition dans ce fleuve.

– Les filles ont lu un peu sur le sujet dans leurs livres, dit la grand-mère de Maxine. Pouvez-vous nous en dire plus? demande-t-elle à Claude.

Celui-ci hoche la tête.

– On a fait une chasse intensive aux bélugas du Saint-Laurent pendant de nombreuses années.

Maintenant, c'est la pollution qui leur fait du tort. Pendant un certain temps, on s'est demandé s'ils survivraient. Il est maintenant illégal de chasser les bélugas, et un projet a été mis en place pour surveiller la population des bélugas du Saint-Laurent, et pour mieux prendre soin d'eux et de leur habitat.

— Alors, c'est pour ça qu'il est si important de les compter, ajoute Maxine. Pour s'assurer qu'ils vont bien.

— Oui, répond Claude. Et en ce moment, la population semble bien se porter. Les bélugas ne sont pas nombreux, mais leur nombre a cessé de diminuer. Ce n'est pas facile de compter des bélugas! ajoute-t-il avec un large sourire. Nous survolons le fleuve en avion pour prendre des photos. Ensuite, nous examinons chacune des photos et nous comptons les baleines.

— Mais comment faites-vous pour photographier chacune des baleines du fleuve? demande Maxine.

— C'est impossible, dit Sarah.

— Tu as raison, admet Claude. C'est impossible. Nous devons déterminer quelle portion du fleuve nous n'avons pas encore photographiée. Ensuite, nous devons estimer le nombre de baleines qui manquent en nous basant sur le nombre de baleines que nous avons vues.

Claude prend une bouchée de gâteau et une gorgée de café.

— Et ça se complique encore. Quand nous photographions les baleines, il peut y en avoir une sous l'eau, qui n'apparaît pas sur la photo. Il faut inclure ça aussi dans nos calculs. Nous ne pouvons pas les voir, mais ça ne veut pas dire qu'elles ne sont pas là.

— Eh bien, dit Maxine, ça me semble pas mal compliqué!

À cet instant, Sarah bâille. Elle essaie de le cacher, mais il est trop tard. Mme Oakley l'a vue.

— Au lit, les filles! annonce-t-elle en se levant de table. Nous avons tous eu une grosse journée, et demain, ça s'annonce tout aussi mouvementé.

Maxine et Sarah peuvent à peine rester éveillées pour parler ensemble de leur fabuleuse journée d'observation des baleines. Tandis que le sommeil gagne Maxine sur son petit lit, elle se rappelle le *plouf* dans la rivière et la forme qu'elle croit avoir aperçue. On dirait que demain ne viendra jamais.

Et puis, elle ouvre les yeux, et c'est le matin. Elle a dormi à poings fermés toute la nuit.

L'agitation s'empare d'elle. Ça y est : c'est aujourd'hui qu'ils vont sauver le béluga! Maxine réveille Sarah, et les deux filles enfilent leurs vêtements et dévalent l'escalier.

Les autres sont déjà en train de déjeuner.

— Il y a des rôties et des céréales, leur dit M. Blanc.

Il ajoute des bols et des assiettes sur la table, et verse deux verres de jus. Maxine lui sourit et le remercie. Elle prend une rôtie et y étend de la confiture, mais elle n'en grignote qu'une petite bouchée. Elle a tout à coup une idée troublante.

Sarah doit avoir lu dans ses pensées.

— Qu'est-ce qui va arriver si le travail est déjà commencé au barrage? demande-t-elle. S'ils coulent le ciment ce matin?

— Ne t'inquiète pas, répond Mme Oakley. Il y a eu de bonnes nouvelles au poste de radio local avant que vous descendiez. Les travailleurs ne commenceront pas les derniers travaux avant demain. Nous sommes arrivés à temps! ajoute-t-elle en se serrant les mains.

Un merveilleux sentiment de soulagement s'empare de Maxine.

— Oui, c'est vrai, dit le Dr Leduc. Mais plus vite nous commencerons, mieux ce sera. Si nous n'y arrivons pas aujourd'hui… Eh bien, j'aimerais mettre le baleineau à l'abri le plus rapidement possible, ajoute-t-il après une pause.

Maxine hoche la tête. Elle est tout à fait d'accord. Elle dépose sa rôtie à peine entamée.

– Écoutez, annonce le Dr Leduc. Max et moi, nous croyons qu'il est temps de rendre visite à notre jeune ami!

Maxine et Sarah montent dans la camionnette avec Claude et Sylvie, et Mme Oakley et les Blanc accompagnent le Dr Leduc. Ils roulent vers la rivière Saint-Paul et se stationnent à l'endroit où ils se sont arrêtés la veille.

Les filles sautent hors de la voiture. Maxine remonte la fermeture éclair de son blouson et aspire une grande bouffée de printemps. Elle remarque que la rivière n'est pas très profonde et qu'il y a de nombreux bancs de sable, comme l'a mentionné le Dr Leduc. Un animal de la taille d'une baleine aurait de la difficulté à les traverser. Pas surprenant que le baleineau reste là. Sa mère et lui ont réussi à passer, mais le retour s'annonce difficile!

– Voilà notre petit bateau, dit Mme Blanc en indiquant un bateau en aluminium échoué sur la plage. Vous pouvez l'utiliser, si vous voulez.

— Merci, répond le Dr Leduc. Mais je dois d'abord voir le béluga.

Il n'y a aucun signe de lui. L'eau est calme, sans une ride, et ne semble pas abriter de grands mammifères. Mais, à l'instant où le Dr Leduc prononce le mot « béluga », une petite vague vient troubler la surface, comme par magie. Le baleineau est là!

Maxine retient son souffle en le voyant faire surface. Sa tête ne sort pas de l'eau, mais la rivière est si limpide que Maxine peut voir l'animal parfaitement. Il a des yeux malicieux et une bouche souriante, tout comme Coco. Mais il n'est pas blanc comme Coco. Il est trop jeune pour être blanc. Sa peau est grisâtre. Maxine observe le dos du baleineau qui émerge doucement de l'eau en fendant la surface.

— Oh, qu'il est mignon, murmure Sarah. On dirait qu'il nous attendait!

Le petit béluga remonte la rivière en nageant devant eux, comme s'il donnait un spectacle. Et au moment où il va disparaître, il fait demi-tour et revient. Il n'est pas aussi long que les bélugas adultes qu'ils ont vus dans le fleuve Saint-Laurent, mais il est potelé comme eux. Maxine est ravie. Un bébé béluga! Qui nage, libre et fier!

Le béluga revient en longeant la rive et, lorsqu'il atteint un endroit plus profond, il fait une culbute! Maxine et Sarah pouffent de rire.

— Les dauphins font souvent des culbutes, mais pas les bélugas, dit Claude. C'est très inhabituel. Ce béluga est vraiment imprévisible!

— C'est un gymnaste, explique Sarah en applaudissant.

Maxine sourit. Elle était si inquiète. Elle imaginait le baleineau solitaire et effrayé, mais voilà qu'il semble espiègle et plein d'entrain. Elle se tourne vers les Blanc.

— Avez-vous donné un nom au béluga? leur demande-t-elle. Je viens d'avoir une excellente idée. Puisque c'est un gymnaste, nous pourrions l'appeler Gymmi?

Mme Blanc lui fait un grand sourire.

— Ce nom lui convient très bien, dit-elle.

— C'est génial, admet Sarah. Gymmi, le béluga gymnaste!

Chapitre huit

Allez! Va-t'en!

Pendant que les Blanc, Sarah, Maxine et Mme Oakley s'amusent des pitreries de Gymmi, le Dr Leduc et ses assistants examinent celui-ci attentivement. Claude tient une planchette et un stylo. Il note les observations du scientifique.

— Gymmi semble avoir dix-neuf ou vingt mois environ. Il mesure à peu près deux mètres, la moitié de la taille qu'il aura quand il sera adulte. Il a l'air en bonne santé, pas trop maigre, observe le Dr Leduc.

Gymmi nage de nouveau devant eux. Cette fois, il semble hocher la tête, de haut en bas. Sylvie rit.

— Les autres baleines ne peuvent pas bouger la tête comme ça, de haut en bas ou de côté, s'émerveille-t-elle. Seuls les bélugas ont un cou aussi flexible. Et seuls les bélugas sont aussi curieux! ajoute-t-elle.

Maxine sourit. Sylvie aime beaucoup les bélugas, c'est évident.

Le Dr Leduc prend ses jumelles pour observer Gymmi de plus près.

— Notre ami nage bien et ne semble pas avoir de blessures. C'est merveilleux, dit-il en regardant les autres. Il n'aura pas besoin d'aller dans un centre de réhabilitation. Non, je crois que nous pourrons ramener le baleineau dans le fleuve Saint-Laurent nous-mêmes.

Sylvie et Claude attendent patiemment pendant que le Dr Leduc réfléchit.

— Voilà ce que nous allons tenter, dit-il enfin. Ce sera difficile, mais je crois que nous pourrons rejoindre le baleineau en traversant les bancs de sable avec le petit bateau de M. et Mme Blanc. Je serai dans le bateau. Mais, Sarah et Max, j'aurai besoin de votre aide. Qu'en dites-vous? fait-il en regardant les deux filles.

Un sourire de surprise illumine le visage de Maxine. Sarah rougit un peu, mais sourit aussi.

— Nous allons tenter de forcer Gymmi à descendre la rivière, explique le Dr Leduc. Le bruit du moteur devrait lui faire peur. Et Max et Sarah pourront frapper sur les tuyaux que Claude a apportés dans la camionnette. Avec tout le tapage que nous allons faire derrière lui, il devrait filer droit devant, en direction du Saint-Laurent.

Claude disparaît. Il réapparaît peu après avec trois gilets de sauvetage et plusieurs tuyaux de métal, de la longueur de son bras environ.
Il dépose les tuyaux dans le bateau.

M. Blanc et Mme Oakley poussent la petite embarcation à demi dans l'eau, pendant que Maxine, Sarah et le Dr Leduc endossent leur gilet de sauvetage. Ensuite, les trois sauveteurs montent dans le bateau, et M. Blanc les pousse vers le large.

Un seul coup sur le câble du démarreur, et le moteur se met en marche.

Le Dr Leduc dirige adroitement la petite embarcation entre les bancs de sable. À plusieurs reprises, Maxine sent que le fond du bateau effleure le sommet des bancs. Mais il ne s'enlise pas. Ils ont tôt fait de gagner la partie plus profonde où Gymmi s'amuse. Le baleineau s'approche presque immédiatement du bateau.

— Regardez! s'écrie Maxine. Il est ici!

Elle est enchantée. Gymmi est si près que Maxine peut presque le toucher. Il leur sourit en nageant le long du bateau, qui avance lentement.

— Allons, les filles, nous ne voulons pas que Gymmi nage à nos côtés. Nous voulons l'effrayer. Nous voulons qu'il descende la rivière et qu'il franchisse le barrage! Alors, enfoncez ces tuyaux dans l'eau et frappez-les, leur recommande le Dr Leduc. Nous n'entendrons rien, mais Gymmi, lui, va entendre le bruit!

Maxine et Sarah enfoncent les tuyaux dans l'eau et les frappent l'un contre l'autre. Elles se mettent aussi à crier.

— Va-t'en! hurlent-elles. Va-t'en, Gymmi! Descends la rivière! Vas-y!

Le Dr Leduc se met à crier, lui aussi.

— Ouste! Ouste! crie-t-il. Va-t'en!

Mais plus ils essaient de chasser le baleineau, plus celui-ci s'intéresse à eux.

Cela fait presque rire Maxine. Quand elle frappe les tuyaux, Gymmi tourne la tête et la regarde. Il semble se demander pourquoi les filles font une chose aussi étrange. *C'est vrai que ça doit paraître ridicule,* pense Maxine en ricanant. *Deux filles qui frappent sur des tuyaux, en criant de toutes*

leurs forces. Pas surprenant que Gymmi nous dévisage!

Finalement, le Dr Leduc ralentit le bateau.
Il fait signe aux filles de cesser de frapper sur
les tuyaux.

— Peut-être qu'il nous suivrait, puisque nous
n'arrivons pas à le chasser devant nous, leur lance-
t-il par-dessus le bruit du moteur.

Mais, dès que le bateau atteint les bancs de
sable, Gymmi fait demi-tour. Il veut jouer et
folâtrer. Il ne veut rien faire de difficile!

Le Dr Leduc ramène le bateau vers le rivage
et coupe le moteur.

— Eh bien, ça n'a pas fonctionné.

— Vous avez quand même fait du bon travail
toutes les deux, dit Sylvie, pendant que Claude
tire le bateau sur la plage. Certaines baleines
aiment les bateaux, ajoute-t-elle. Nous ne savons
pas pourquoi au juste. Elles voient peut-être
les bateaux comme des compagnons, des amis.
Elles aiment nager à leur côté, malgré le bruit du
moteur.

Sylvie se veut rassurante, mais Maxine a
l'estomac à l'envers. Ils n'ont pas réussi. Ils n'ont
pas sauvé Gymmi. Qu'est-ce qui va arriver? Le
béluga va-t-il rester prisonnier pour toujours?

Chapitre neuf

Une baleine à bord

— Nous devons passer à notre autre plan, annonce le Dr Leduc.

Maxine entrevoit une lueur d'espoir. Il y a un autre plan!

— Sylvie, irais-tu chercher le long filet à cerceau et une corde supplémentaire dans la camionnette, s'il te plaît? Ensuite, viens me rejoindre dans le petit bateau, avec Max et Sarah. Nous allons tenter de capturer le baleineau et de l'amener vers le rivage. Nous allons nous diriger vers cette plage-là, dit-il en l'indiquant du doigt. Claude, pourrais-tu apporter le canot pneumatique, une civière et une corde de halage là-bas?

Le Dr Leduc retire son gilet de sauvetage et son blouson. Maxine découvre qu'il porte une combinaison isothermique.

— On dirait que tu as l'intention d'aller dans la rivière! plaisante Mme Oakley.

— C'est exactement ce que je compte faire! répond le Dr Leduc.

Sylvie revient rapidement avec le filet et la corde. Maxine remarque que Sylvie et Claude portent des combinaisons isothermiques, eux aussi.

— Venez, les filles, leur dit Sylvie. Vous faites partie de l'équipe maintenant. Grimpez à bord!

Lorsqu'elles sont installées dans le bateau avec le Dr Leduc, Sylvie met le moteur en marche et dirige l'embarcation vers le milieu de la rivière. Maxine repère tout de suite Gymmi. Il ne s'est pas éloigné. Il ne voulait sans doute rien manquer de toute cette activité.

Dès qu'ils atteignent l'eau plus profonde, Gymmi se met à nager le long du bateau. Maxine peut admirer sa peau lisse. Ses petites nageoires sont repliées aux extrémités. Il se sert de sa queue pour se propulser en avant.

— Bonjour, mon ami, lui murmure Maxine.

Maxine remarque que Sylvie a fait virer le

bateau. Elle le dirige vers la petite plage, où les attendent Claude et M. Blanc. Mme Blanc et Mme Oakley sont là, elles aussi. Sylvie ralentit à mesure que l'eau devient moins profonde. Gymmi les suit toujours.

— C'est bon, Sylvie, dit le Dr Leduc. Je crois que c'est le moment.

Sylvie se rapproche du rivage et coupe le moteur. Le Dr Leduc se met debout dans le bateau et ramasse le filet. Le cerceau auquel celui-ci est rattaché est aussi large qu'une baleine!

— Tenez-vous bien aux bords du bateau, dit le Dr Leduc.

Il se penche hors de l'embarcation, déploie le filet et le fait glisser sur la tête de Gymmi. Puis il saute dans l'eau froide. Elle lui arrive à la poitrine. Le Dr Leduc tient fermement le filet. Il le remonte sur toute la partie avant du corps du béluga, y compris ses nageoires.

Gymmi doit être surpris! pense Maxine.

Le baleineau cesse de nager lorsqu'il sent le filet l'enserrer. Le Dr Leduc est campé bien droit dans la rivière et tient solidement le filet. *Combien de temps va-t-il pouvoir retenir le béluga?* se demande Maxine.

Claude entre dans la rivière et attache la corde

de halage à la partie épaisse de la queue de Gymmi.

— Bien joué, lance le Dr Leduc. Amenons-le en eau peu profonde, maintenant.

Maxine est étonnée de voir Gymmi si calme! Sa tête est prise dans un filet, mais il ne se débat pas et n'essaie pas de s'échapper. Il semble faire confiance aux personnes qui le font flotter si doucement dans la rivière.

Quand le bateau touche la plage, Sylvie saute par-dessus bord et le tire hors de l'eau. Maxine et Sarah en descendent.

Le Dr Leduc s'adresse à Mme Oakley et à M. Blanc.

— Apportez-nous le canot pneumatique et la civière, s'il vous plaît. Faites vite.

Mme Oakley et M. Blanc se hâtent vers la camionnette. En un instant, ils ont transporté le canot et la civière jusqu'à la plage. Ils mettent la civière dans l'eau, et Claude s'en empare. Il la laisse flotter près de Gymmi.

— Notre ami Gymmi ne veut pas descendre la rivière par ses propres moyens. Alors, nous allons lui offrir une petite balade, à nos frais, jusqu'au Saint-Laurent! dit le Dr Leduc en souriant. Nous allons l'installer dans la civière, puis dans le canot. Gymmi va s'y prélasser pendant que nous le remorquerons. Beth, est-ce que tu pourrais remplir le canot d'eau, pour qu'il soit prêt à recevoir notre ami?

— Bien sûr, répond cette dernière en plongeant le seau dans l'eau et en versant celle-ci dans le canot.

— Claude et Sylvie, à vos postes, s'il vous plaît.

Les deux assistants du Dr Leduc passent de l'autre côté du baleineau.

— Glissons la civière sous Gymmi, leur dit le Dr Leduc.

Ensemble, Maxine, Sarah, Claude, Sylvie et le Dr Leduc réussissent à glisser la civière sous le baleineau. Chacun saisit ensuite une poignée pendant que Claude retourne au rivage chercher le canot. Il place celui-ci à l'une des extrémités de la civière. Il saisit ensuite une poignée, lui aussi.

— Nous allons soulever la civière et la déposer dans le canot, dit le Dr Leduc. À trois. Un... deux... trois!

Claude et Sylvie soulèvent leur extrémité de la civière jusqu'au canot. Tous ensemble, ils réussissent à glisser la civière dans celui-ci. Gymmi est à bord. Il repose calmement, à demi immergé dans l'eau.

Le Dr Leduc grimpe dans le canot.

— Nous devons procéder rapidement, dit-il.

Claude lui tend une mallette noire et un seau. Le Dr Leduc place la mallette entre ses jambes.

— Les instruments médicaux dans cette mallette vont m'aider à surveiller les battements de cœur et la respiration de Gymmi. Je dois m'assurer qu'il ne devient pas trop nerveux ou inquiet pendant le voyage. Si c'est le cas, nous devrons peut-être le relâcher immédiatement, peu importe où nous serons, explique-t-il.

Maxine fronce les sourcils. Qu'arrivera-t-il s'ils doivent relâcher Gymmi avant d'avoir passé le barrage?

— Je vais aussi verser de l'eau sur lui, ajoute le Dr Leduc, en plongeant le seau dans la rivière et en arrosant Gymmi. Nous devons le garder aussi mouillé que possible, dit-il à Maxine et Sarah. Ça devrait lui permettre d'être bien pour quelque temps. Mais une baleine ne peut pas rester trop longtemps hors de l'eau!

Le Dr Leduc regarde M. Blanc.

— Vous connaissez bien cette rivière. Pourriez-vous remorquer le canot avec votre petit bateau? Nous devons passer le barrage, mais il vaudrait mieux descendre plus loin et nous rapprocher le plus possible du Saint-Laurent.

Le visage de M. Blanc rayonne de plaisir.

— Bien sûr, répond-il.

Sylvie, Claude et M. Blanc préparent immédiatement le bateau.

Maxine regarde le Dr Leduc verser de l'eau sur Gymmi, faisant luire sa peau grise au soleil. Mais tout son corps n'est pas mouillé.

— L'eau ne rejoint pas sa tête, dit-elle au Dr Leduc.

— Sa peau est sèche près de la tête, ajoute Sarah en tortillant nerveusement ses tresses.

Le Dr Leduc se frotte le front.

— Je dois vous demander de m'aider une fois de plus, les filles, dit-il. J'ai besoin qu'une deuxième personne s'assoie à la tête de Gymmi et la garde mouillée, quelqu'un de petit parce que l'espace est restreint. Est-ce que l'une d'entre vous veut bien faire ça pour lui?

Chapitre dix

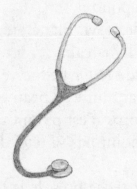

Une balade pour Gymmi

Maxine regarde Sarah. Elle connaît l'amour de son amie pour les animaux. Elle sait qu'elle aime en prendre soin. Elle le sait parce qu'elle ressent la même chose!

— Vas-y, Sarah. Va l'aider, offre Maxine.

Mais Sarah secoue déjà la tête.

— Non, Max, répond-elle fermement. Merci, mais j'en ai assez des bateaux pour aujourd'hui.

Maxine veut protester, mais le temps presse.

— D'accord, dit-elle.

Elle se tourne vers le Dr Leduc.

— Je serai ravie de vous aider, lui dit-elle, un large sourire illuminant son visage.

— Ce ne sera pas très confortable, la prévient le Dr Leduc. Nous avons une autre combinaison isothermique qui devrait être assez petite pour toi, ajoute-t-il, pendant que Claude lui tend la combinaison. Elle va t'aider à conserver une certaine chaleur, mais elle ne te gardera pas au sec. Tu vas être assise dans l'eau froide et tu dois verser de l'eau sur la tête du béluga tout le temps que nous nous déplacerons.

— Ça va aller, réplique Maxine.

Elle est prête à tout pour aider le baleineau à survivre. Elle se hâte vers la camionnette, accompagnée de sa grand-mère, qui l'aide à retirer ses vêtements et à enfiler la combinaison. Celle-ci n'est pas trop lâche; elle fera très bien l'affaire. Maxine remet ensuite son gilet de sauvetage.

Sa grand-mère la regarde dans les yeux.

— Es-tu bien certaine de vouloir faire ça? lui demande-t-elle.

Maxine hoche la tête. À cet instant précis, rien d'autre ne compte pour elle. Sa grand-mère se rend compte qu'elle est bien décidée à aider.

— Alors, fais de ton mieux. Et sois prudente, ajoute-t-elle.

Ensemble, elles retournent rapidement à la plage.

— Bonne chance, dit Sarah à Maxine, avec un sourire d'encouragement.

Puis elle lui tend un seau. Maxine patauge dans l'eau en direction du canot. Cela fait tout drôle. Elle sent le froid vif de la rivière malgré la couche protectrice de la combinaison.

Gymmi suit des yeux tous ses mouvements.

— Bonjour, petit béluga, lui dit Maxine. Tout va bien aller, ajoute-t-elle pour le rassurer.

Maxine sent son cœur battre de joie. Gymmi est tellement proche!

Elle se hisse dans le canot rempli d'eau, en évitant de frapper le baleineau, qui prend toute la place. Elle s'assoit dans l'eau froide, qui lui monte à la taille.

— Commence à l'arroser tout de suite, lui dit le Dr Leduc dès qu'elle est installée. Nous devons le garder mouillé. Mais l'eau ne doit pas entrer dans son évent. Ce serait comme s'il en avalait.

— D'accord, je vais faire de mon mieux, répond Maxine, en remplissant le seau avec l'eau de la mare à ses pieds.

— Vous êtes prêts? leur crie M. Blanc du bateau d'aluminium.

— Nous sommes prêts! Allons-y, crie le Dr Leduc à son tour.

Maxine entend le moteur démarrer. Elle regarde vers la rive. Sarah lui fait signe, puis elle joint les deux mains et les agite dans les airs pour l'encourager. Maxine lui sourit; elle est réconfortée. Elle soulève le seau et, pendant qu'elle verse l'eau sur la tête et le dos de Gymmi, elle sent la corde qui se tend. Le canot s'ébranle.

Gymmi va-t-il s'affoler? Va-t-il se démener et rester ici, prisonnier du barrage?

Maxine pose délicatement sa main gantée et mouillée sur le front du baleineau. Elle le regarde dans les yeux. Il lui rend son regard, calmement, comme s'il savait qu'elle essaie de l'aider.

— Tout va bien aller, lui répète Maxine.

Maxine verse de l'eau sur Gymmi pendant que M. Blanc dirige le bateau et le canot autour des bancs de sable. Tandis qu'ils franchissent les bancs et descendent le courant, Maxine continue à verser de l'eau sur le baleineau.

Le Dr Leduc aussi verse de l'eau. De temps en temps, il sort un stéthoscope et écoute le cœur de Gymmi et sa respiration. Chaque fois, il se tourne vers Maxine et lui fait signe que tout va bien.

Maxine éprouve un sentiment indescriptible à être si près d'un animal marin. Elle s'émerveille de l'épaisseur et de l'aspect caoutchouteux de la peau du baleineau. Elle essaie de repérer ses oreilles, qui sont derrière ses yeux, mais ont la taille d'une tête d'épingle. Elle contemple le « melon » qui bombe au-dessus de son museau.

Le voyage se poursuit, et Maxine commence à avoir mal aux bras, à force de soulever le seau plein d'eau. Elle a les jambes et les pieds gelés. Mais elle ne songe pas un seul instant à abandonner. *Reste calme,* dit-elle, en pensée, au baleineau. *Reste calme.*

Enfin, elle aperçoit le barrage. Des travailleurs portant des casques de chantier s'affairent sur le rivage. Maxine les voit s'arrêter et lever la tête pour regarder passer l'embarcation.

Elle sent le courant s'emparer du bateau et l'emporter, alors que la rivière coule dans l'espace étroit entre les deux piliers de métal.

Puis ils ressortent de l'autre côté.

Chapitre onze

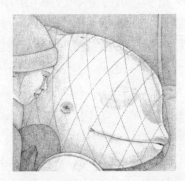

Un, deux, trois!

Le visage de Maxine s'illumine d'un large sourire.

— Gymmi, s'écrie-t-elle en touchant le cou humide du béluga. On a réussi. On t'a fait traverser! On a eu le temps de passer!

Des acclamations fusent du bateau. M. Blanc, Claude et Sylvie agitent les bras.

Plus loin, en aval, M. Blanc coupe le moteur pour qu'ils puissent se parler.

— Où voulez-vous que j'arrête, docteur Leduc? demande-t-il.

— Nous voulons remettre Gymmi dans l'eau au plus vite, répond le Dr Leduc. Mais il vaut mieux nous approcher de l'embouchure le plus possible.

Nous voulons nous assurer que Gymmi ne remontera pas la rivière. Nous voulons qu'il regagne le fleuve et rejoigne les autres bélugas.

M. Blanc tire la corde du démarreur, et le moteur repart. Le bateau se remet à descendre la rivière.

Maxine a mal aux épaules. Elle alterne les bras pour mieux répartir ses efforts, soulevant le seau d'abord du bras droit, puis du bras gauche.

Gymmi est toujours calme. Les plis de graisse sur sa peau se soulèvent et retombent au rythme de sa respiration. Sa nageoire, qui semble si minuscule sur son vaste flanc lisse, ne bouge pas. Seul le clignement de son œil révèle à Maxine qu'il est bien éveillé et très alerte.

Gymmi est si gros. Il n'a atteint que la moitié de sa taille adulte, et il est déjà plus grand que le Dr Leduc. Maxine l'imagine, nageant dans le vaste Saint-Laurent, chassant les poissons au fond du fleuve. Elle se le représente plongeant et « espionnant » avec les autres bélugas, grandissant et devenant adulte. Cette image la fait sourire.

Maxine verse encore de l'eau sur la tête du baleineau en gardant une main sur l'évent pour le protéger. Elle imagine Gymmi libre, mais elle est encore un peu inquiète. Il a passé beaucoup de temps dans le canot. Combien de temps une baleine peut-elle passer hors de l'eau sans danger?

À cet instant précis, le Dr Leduc les interpelle. Il indique un point en avant et semble ravi. Maxine remarque que la rivière s'élargit. En fait, elle devient très large. Ce doit être l'embouchure, l'endroit où la rivière Saint-Paul se jette dans le fleuve!

– Tu es presque à la maison, Gymmi! dit Maxine au baleineau.

M. Blanc fait le tour d'une petite île. Il met le cap sur la plage. Peu de temps après, le bateau s'échoue sur le rivage. Claude et Sylvie sautent en dehors et tirent doucement sur la corde de halage. Le canot et ses passagers flottent maintenant en eau peu profonde.

– Excellent! Excellent! s'écrie le Dr Leduc. Il n'y a pas de temps à perdre. Disons au revoir à notre jeune voyageur et laissons-le partir! Nous allons le sortir par ici, en glissant la civière de ce côté du canot, ajoute-t-il. Max et moi allons rester dans le canot et soulever la civière de l'intérieur. À trois. Un, deux, trois!

Maxine tapote le cou épais du baleineau. Puis elle attrape une des poignées de la civière. Elle plonge son regard dans celui de Gymmi, tout en aidant à le soulever et à le déposer dans l'eau peu profonde.

— Nous allons l'amener en eau plus profonde, dit le Dr Leduc.

Maxine et lui sautent hors du canot et aident à faire glisser la civière de sous le baleineau. Claude détache la corde de la queue de Gymmi. Le Dr Leduc fait ensuite avancer le béluga à l'aide du filet, pendant que les autres le poussent doucement avec leurs mains.

— C'est assez creux, décide le Dr Leduc, lorsque Maxine a de l'eau à la poitrine.

D'un geste lent et prudent, le Dr Leduc éloigne le filet du corps de Gymmi et le fait glisser par-dessus sa tête. Plus rien ne retient le baleineau. Seuls les gens qui ont pris soin de lui l'entourent.

Claude fait ses adieux au baleineau et s'éloigne. Sylvie et le Dr Leduc font de même, caressant Gymmi une dernière fois avant de patauger vers le rivage.

Il ne reste plus que Maxine. Gymmi tourne la tête de tous les côtés. Maxine suppose qu'il utilise son sonar pour déterminer où il est. Elle tend la main et touche doucement le dos du baleineau une dernière fois.

– Vas-y, Gymmi. Retourne dans les profondeurs du fleuve et ne reviens plus jamais ici!

Gymmi tourne la tête une fois de plus. Il semble plonger son regard droit dans les yeux de Maxine, et tous les deux échangent un large sourire d'amitié. Puis Gymmi s'éloigne en nageant. Il se dirige vers l'embouchure de la rivière, là où elle se jette dans le Saint-Laurent.

Maxine reste là, à regarder, les jambes et les bras engourdis par l'eau froide. Elle le voit faire surface une fois pour respirer, puis disparaître sous l'eau.

Tout est terminé. Le petit béluga est parti.

– Hourra! Hourra! crient Sarah, Mme Oakley et Mme Blanc.

Elles ont suivi le chemin qui longe la rivière Saint-Paul en espérant voir Gymmi reprendre sa liberté. Elles sont arrivées juste à temps.

Lorsque les sauveteurs regagnent le rivage, la grand-mère de Maxine jette un regard à sa petite-fille, trempée, glacée et enchantée, et s'empresse de la pousser vers la voiture pour lui faire enfiler des vêtements secs.

– Bon travail, Max, dit-elle. Maintenant, nous allons retourner chez les Blanc pour que

tu prennes un bon bain et un repas chaud.

Sarah se serre contre Maxine, sur le siège arrière.

– Oh, Max, tu as réussi! Tu as réussi! Et maintenant, tu dois tout me raconter, absolument tout, à propos de la descente sur la rivière!

Maxine lui raconte tout ce qui s'est passé, comme c'était merveilleux d'être assise tout contre Gymmi, et comme elle était nerveuse parce qu'elle devait le garder mouillé et en bonne santé. Elle parle de son soulagement lorsqu'ils ont franchi le barrage.

Sarah écoute, les yeux grands ouverts.

– C'est tout une aventure qu'on a vécue, soupire-t-elle.

La voiture roule le long du rivage, et Maxine contemple l'eau. Oui, c'est vrai, elle a aidé à sauver un béluga en danger. Elle peut encore sentir la peau de Gymmi sous ses doigts. Elle revoit le regard du baleineau quand il a croisé le sien. Il y avait comme une étincelle au fond de ses yeux. Elle en est convaincue. Et puis, il y a ce sourire qu'ils ont échangé.

C'est merveilleux que le baleineau ait pu regagner le Saint-Laurent. Mais Maxine sait que les bélugas font face à bien des dangers là-bas aussi. Le bruit des bateaux, la pollution du fleuve… Maxine soupire. Aujourd'hui, Sarah et elle ont aidé Gymmi, mais peut-être qu'elles peuvent faire encore plus.

Elle réfléchit un moment. Et soudain, elle a une idée. Animaux Secours a pour mission de rendre les animaux sauvages à leur habitat, tout comme leur petit groupe l'a fait aujourd'hui. Le centre de réhabilitation prend soin des animaux des forêts. Mais Sarah et elle pourraient quand même accrocher des affiches qui renseigneraient les visiteurs sur les bélugas et sur leur habitat.

Maxine soupire une fois de plus, satisfaite et somnolente. Elle ferme les yeux et revoit le jeune béluga, de retour dans l'eau, débarrassé du filet et nageant, libre et heureux.

Fiche d'information sur le béluga

❖ Les bélugas vivent dans les eaux arctiques et subarctiques des mers polaires. On les retrouve dans les eaux de l'Alaska, de la Norvège, du Groenland, de la Russie et du Canada. Ils appartiennent à la famille des baleines blanches. Leur plus proche parent est le narval.

❖ Les bélugas s'accouplent au printemps ou au début de l'été. Après quatorze mois, les femelles donnent naissance à un seul veau. Les baleineaux restent environ deux ans auprès de leur mère. Les bélugas vivent en bandes de deux ou trois, ou plus, mais certains troupeaux peuvent compter plusieurs centaines d'individus! Les bélugas peuvent vivre plus de 35 ans.

❖ Certaines populations de bélugas migrent, c'est-à-dire qu'elles vont vers les eaux plus chaudes en hiver et vers les eaux plus fraîches en été. D'autres, comme les bélugas du Saint-Laurent, demeurent au même endroit toute l'année.

❧ Un béluga doit consommer, chaque jour, environ 12 kg de nourriture, tels que saumons, morues, crevettes, ombles et pieuvres.

❧ Les bélugas peuvent faire bouger leur front et leur bouche, modifiant ainsi l'expression de leur visage. Ils ont parfois l'air de sourire, de plisser le front ou même de siffler!

❧ Les bélugas ont peu d'ennemis naturels. Les bélugas du Nord sont chassés par les épaulards, les ours polaires et l'homme. Pour certaines collectivités inuites, les bélugas constituent toujours une source importante de viande et de combustible.

❧ Les bélugas du Saint-Laurent sont considérés comme une espèce en voie de disparition par le Comité sur la situation des espèces en péril au Canada. Ils sont protégés par la loi depuis 1983. Leur chasse est interdite, mais cela ne signifie pas qu'ils sont hors de danger. Les bélugas sont sérieusement touchés par la pollution chimique provenant des usines. Un plan d'action a été adopté pour réduire la pollution industrielle dans le fleuve.

❖ Les bélugas utilisent l'écholocation (le repérage des choses par l'émission de sons) pour localiser leurs proies et se déplacer sous l'eau. Mais il y a tellement d'activité sur le Saint-Laurent, que le bruit provenant des usines et des bateaux qui viennent observer les baleines interfère avec l'écholocation. C'est une autre des raisons pour lesquelles les bélugas sont en voie de disparition.